PIPE-EN-BOIS

HISTOIRE

DE

MON SIFFLET

Je siffle, donc je suis.

Prix : 50 centimes

PARIS

SOUS LES GALERIES DE L'ODÉON

ET CHEZ LES PRINCIPAUX LIBRAIRES

Décembre 1865

[illegible]

[illegible]

[illegible]

[illegible]

HISTOIRE

DE

MON SIFFLET

PIPE-EN-BOIS

HISTOIRE

DE

MON SIFFLET

Je siffle, donc je suis.

Prix : 50 centimes

PARIS

SOUS LES GALERIES DE L'ODÉON

ET CHEZ LES PRINCIPAUX LIBRAIRES

Décembre 1865

HISTOIRE

DE

MON SIFFLET

Je siffle, donc je suis.

— *Veni, vidi, vici !...*

— As-tu fini ?...

— Non... Déjà l'ennui me tue... eh ! que faire, en ce temps-ci, à moins que l'on ne siffle ?

Il faut siffler pour se distraire, pour se consoler, pour se venger !

Siffler est un droit, siffler est un devoir, siffler est un besoin... Oui, j'en ai faim, j'en ai soif !... soif inextinguible ! faim irrassasiable !...

Ah ! que siffler est bon, lorsque saigne le cœur et que s'indigne l'intelligence !

Ah ! que siffler est bon, lorsque je ne sais quelle lourde main de fer courbe le front et oppresse la poitrine !

Ah ! que siffler est bon, lorsque hurle et se débat une claque impuissante !

On siffle des lèvres et des dents, on siffle des mains et des pieds, on siffle avec sa canne, avec sa pipe...

O ma pauvre pipe en bois !

Elle a vécu ce que vivent les roses ! *Meminisse juvat !...*

— As-tu fini ?

— Non !

Ci-gît !... sur mon cœur... quelque chose de bien cher qui n'a plus de nom !...

La voilà, la fameuse pipe en bois, la voilà, telle que l'a faite un cruel destin !

O minute effroyable, minute désastreuse que celle où, tandis que sa voix souveraine dominait l'orchestre tapageur, s'abattit sur son frêle corps et le brisa une de ces affreuses serres qui ne lâchent jamais !...

Mais ses mânes ont été vengés ! J'en atteste ces deux soufflets administrés par mes deux bottes sur deux joues honteuses !...

Donc, de la plus fameuse des pipes, voilà ce qu'il me reste !

C.

Eh! bien, taillons cela en bec de plume, et dans une eau pure délayons le noir culot!

Qu'elle-même consacre son œuvre, l'immortalité éphémère de Pipe-en-Bois!

Pipe-en-Bois s'est appelé Abeilard, Descartes, Voltaire; hier, il s'appelait Arago, Lamennais, Michelet, Musset, Hugo; et, demain?... Aujourd'hui, au temps des *Benoiton*, des *Sapeur* et des *Maréchal*, c'est Pipe-en-Bois!... Telle époque, tel nom!... eh! qu'importe?... N'est-il pas toujours et quand même la Philosophie, la Science, l'Art et la Poésie, la Jeunesse et la Liberté?

Pipe-en-Bois jouit d'une maîtresse joyeuse, fraîche et parfumée, folle et jalouse de son soleil, de ses oiseaux, de ses fleurs et aussi de son amant!... Elle est aimée de Pipe-en-Bois qui sait en faire la compagne de ses études comme de ses plaisirs, la confidente de ses joies et de ses tristesses, de ses craintes et de ses espérances, de ses rêves et de ses désenchantements...

C'est Luxembourg qu'elle se nomme !...

Un de ces derniers jours, entre chez elle Pipe-en-Bois, la bouche armée d'un superbe Kummer :

« Ma chère, sais-tu la nouvelle? on va vendre tes fleurs, tes oiseaux et ton soleil !...

— On...? connais pas et je m'en moque. Ne suis-je pas libre comme l'air?...

— Libre !... Naïve enfant !... Je te dis qu'on va battre monnaie avec tes robes, tes manteaux et tes parures, avec ton gentil corps lui-même !... oui, tu vas être numérotée, devenir une prostituée de la rue... vois-tu là-bas ce chiffonnier?... Juliette, salue ton Roméo !...

1.

« — Veux-tu te taire, oiseau de malheur! Tu m'effrayes à la fin!... Voyons, dis-moi que tout cela est impossible!... j'aimerais mieux mourir!... Ne suis-je pas à toi?... Que ferais-tu sans moi, pauvre ami ?

— J'irais promener mes loisirs solitaires à travers les estaminets et les harems !

— Moi, je ne veux pas !... tu es à moi, à moi seule !... Non, après tout ce qui s'est passé entre nous, nul ne pourrait nous séparer... Tu fronces le sourcil !... Je commence à avoir peur... Mon ami, je t'en supplie, garde-moi, défends-moi, aime-moi !...

— Adorable pauvrette! »

C'est dans cette dernière étreinte que se brisa, sur le sein de sa bien-aimée, le superbe Kummer de Pipe-en-Bois.

Ce soir-là même, Pipe-en-Bois se dirigeait vers la Seine...

Or, au beau Kummer avait succédé un formidable cerisier, ce tuyau réservé à de si étranges destins !...

C'est sur la rive droite que demeure une illustre dame, l'objet, trop souvent, d'ardentes et illégitimes convoitises...

Pipe-en-Bois la poursuit-il en secret d'une noble et ferme espérance ? Qui le sait ?

Mais, ce soir-là, avait lieu la présentation solennelle d'un prétendant annoncé avec un bruyant mystère...

C'est pourquoi Pipe-en-Bois s'en allait par-delà les ponts, la bouche armée de son formidable cerisier.

D'ordinaire, les portes de la maison s'ouvraient d'elles-mêmes devant Pipe-en-Bois.

Ce soir-là, on lui impose antichambre comme au premier ou au dernier-venu.

Pipe-en-Bois, stoïque de caractère, s'accoude sur la balustrade antique, tantôt suivant d'un œil distrait la fumée onduleuse de sa nouvelle locomotive, tantôt faisant le coup de feu en tête de la tumultueuse cohorte qui derrière lui grossit et s'allonge... *Patent portæ!...*

« Un parterre ?

— Il n'y en a plus.

— C'est impossible ! Je suis la tête de la queue.

— Il n'y en a plus.

— Compris !... alors, un paradis !... Ohé,

vous autres, des ailes! des ailes ! au Paradis !...
vivent les trompettes du Jugement dernier ! »

C'est une escalade de géants!... Pélion sur
Ossa s'étonne... on surmonte, on s'élève, on
plane enfin sur un océan de formes grouillantes.

« Rien que ça de monde, avant que personne
soit entré !

— Être la tète de la queue, et arriver si tard!

— Fort homme du *Forum*, rends-moi ma
place !

— *Gloria in excelsis...*

— *Et in terrâ...* Affreuses larves, d'où sortez-
vous ?

— Attention !... Je vous présente Horace et
Lydie.

— Encore des Romains ! je sors d'en prendre !

— Ah ! zut alors, si Ponsard est malade !

— Pour qui sont ces serpents qui sifflent sur leurs têtes ?

— Sifflements à ricochets.

— Demain, ce sera le tour de Cathos et de Mascarille.

— Par ricochet encore ?

— Parbleu ! »

Or, Pipe-en-Bois, calme et silencieux, de la pointe d'un canif trouait son cerisier.

Venait d'apparaître le mystérieux prétendant.

« *Monstrum horrendum, informe, ingens !...*
Quoi ! c'est lui, ce masque titubant, hideux,
ignoble, qui vient nous disputer les faveurs de
la noble Promise !... *O tempora ! ô mores !...* »

Ainsi murmurait Pipe-en-Bois, en fermant
son canif ; le cerisier était troué.

« Pourtant, je lui pardonne ses difformités et
ses guenilles fangeuses, s'il sait les cacher sous de
l'esprit et de la gaieté. Foin du bégueulisme et
de sa race ! Je sais m'attendrir sous les pleurs des
petits chiens de Racine et m'épanouir devant les
seringues de Molière ; je m'ébats avec délices au
sein des mélodieuses cocasseries des Bouffes, de
même que je ne puis résister aux charges fantas-
tiques du Palais-Royal...

Mais ris donc, paillasse !... comme ton masque
est froid !... hélas ! voilà de stupides grimaces !...
Holà ! prends garde... ton argot devient

odieux... Pouah ! quels gestes !... assez, assez, affreux paillasse !... Assez chanté !... Il est temps de sauter, et pas à-demi !... En avant deux la musique !... »

Soudain, comme des nues, un cri inouï, fantastique, surnaturel, un bruit de tonnerre, un sifflement, un rire, un pleur, un rugissement, un... Qui le dira ? tout cela, en un seul et même son, part, tombe, éclate...

Le lustre a tremblé, le gaz oscille éperdu et la voûte paraît s'entr'ouvrir... Plus de sifflets ! La claque s'est arrêtée les mains suspendues, et la scène, la bouche béante... et les loges, les galeries, l'enceinte toute entière, debout, d'épouvante s'écrie...

Impassible apparaît Pipe-en-Bois... A ses

lèvres est suspendu comme un long serpent
étrange qui siffle, se lamente, gronde, rugit,
crie, tonne et bouleverse l'air d'un fantastique
orage.

« Ohé! c'est Pipe-en-Bois!... Vive Pipe-en-
Bois! évohé! évohé! »

Cette heure solennelle, cette heure-là seule,
j'en jure par l'âme de feu ma pipe en bois, a
sonné le fameux baptême.

Or, Pipe-en-Bois, des hauteurs de son Olympe,
poursuivait l'œuvre du destin :

« Dis donc, toi, Monsieur à l'habit noir et à
l'organe éraillé, tu n'es qu'un mannequin sans
âme!... C'est donc bien difficile de se procurer
un peu d'esprit ou de cœur!... quelques pétards,
pour l'amour de Dieu!... si gueux que ça! pas
même la monnaie des Rolla, des Mardoche ou

des don Juan !... Fi du masque aviné qui ne sait que ramasser la boue de monsieur Tout-le-Monde pour nous éclabousser !...

.Eh ! quoi, jeune niais, tu ne sens pas que depuis une heure tu es insulté dans cette femme qui s'est accrochée à ton bras, dans ce mystérieux objet de ta passion prime-sautière ! Qu'attends-tu donc ?... que cet ivrogne ait vomi sur vous deux jusqu'à sa dernière grenouille ?... Et c'est toi qui prétends représenter la jeunesse !... attends, je vais t'arranger, lâche échappé de séminaire !... »

—Evohé ! Pipe-en-Bois !... Evohé ! évohé !

—Et d'un !... Que te semble notre musique ?... est-ce croyable, ô séminariste, que ton cœur de dix-huit ans palpite avec une si fiévreuse ardeur devant cette poitrine qui aurait pu te nourrir, devant ce sein qui ne saurait plus te porter ! que ton fluide saturé de feu soit si violemment attiré vers ce vieux pôle glacé?... Et ce phénomène se produit, durant plusieurs mois, autour d'une gentille pile électrique, malgré ses pétillements!.. *Proh nefandum!...*

— Evohé! Pipe-en-Bois! évohé! évohé!

— Et de deux!... Oui, nous savons, madame Maréchal, que souvent, à votre âge, le sang est traversé par d'étranges ardeurs; nous n'ignorons point que parfois sont terribles les dernières éruptions d'un volcan qui s'éteint... Mais marcher quarante ans d'un pas si ferme, et soudain tomber d'une chute aussi honteuse que profonde, et cela, sans un regret, sans un remord!... Au contraire!... *Proh! pudor!* vous voudriez jeter votre fille dans les bras de votre amant!... O madame Maréchal!...

(1) O stupide dénoûment ! impossibilités énormes !... O turpitudes, trivialités et ficelles !... O art ! O bon sens ! O morale !

— Evohé Pipe-en-Bois ! évohé ! évohé !

— Et de trois !... ah ! ma musique vous irrite, larves et chouettes !... Bravo, bravissimo !... C'est bien hurlé, bien glapi, bien aboyé !... Je suis un idiot, un envieux impuissant !... Brigadiers, vous avez raison : Quel drame incomparable ! quelle inspiration et quel art ! quel tableau vivant de notre époque ! quel regard dans les abîmes de l'âme humaine !... O ténèbres et clartés inconnues !... O prodigieuse lutte de la passion et du devoir ! Sublime enseignement !

(1) Ici retentirent jusqu'aux cieux les sifflets vengeurs infligés au Dandin en démence, aveugle assassin de sa fille. Mais, bonheur au vaincu ! .. je me sens incliner à la clémence, depuis qu'il gît impuissant, *ridiculus mus*, sous les décombres de la montagne, et que dans l'arme, que je lui ai arrachée, j'ai découvert un formidable *ut* de cave. Admirable sifflet d'honneur !

P.-E.-B.

Eh ! quelle gaieté et quel pathétique ! Je ris en pleurant... Quelle vie ! quel mouvement ! Entraîné, haletant, éperdu, j'ai parcouru en trois actes, marche des dieux antiques, l'empire de l'art !

— Evohé ! Pipe-en-Bois ! évohé ! évohé !

— Ai-je célébré cette forme délicate et nerveuse ? Quels muscles et quelle grâce ! Comme ces lignes pures et puissantes ondulent harmonieusement ?... Eh ! quelles couleurs ! quel éclat ! quelle séve !...

Hugo, Musset, Dumas, Sand, et *tutti quanti*, prétendus héros ! vous n'êtes que des myrmidons ! arrière ! place aux deux Ajax qui s'avancent !... Ils ont éternué, et je vous cherche !...

Salut, révélateurs, harpes éoliennes, échos divins, Christophes Colombs de l'avenir !... Oui, devant vos pas s'ouvrent des horizons aux perspectives indéfinies. — Il me semble déjà voir poindre ce monde nouveau dont vous êtes les prophètes !...

Frères, montez sur vos hauteurs, et dites-nous si vous ne voyez rien venir !...

O Frères !......

Dum juga montis aper, fluvios dum...

— As-tu fini?...

— Peut-être!

Décembre 1865.

Paris — Imprimerie Walder, rue Bonaparte, 44.